**Bisher erschienen:**

Der magische Funkelstein
Das Geheimnis der schwarzen Feder
*Der verschwundene Fluss*

Karen Christine Angermayer

# Rubinia Wunderherz

## Die mutige Waldelfe

## Der verschwundene Fluss

Illustriert von Elke Broska

Band 3

Loewe

# Der fröhliche Haselnuss-Festzug

Im Wald war heute was los: Gemeinsam feierten die Elfen und Tiere den Tag der Haselnuss. Alle hatten sich schon ganz gespannt auf dem Platz an der alten Mühle am Fluss versammelt. Sie freuten sich riesig auf den festlichen Umzug, der gleich stattfinden sollte. Und sie freuten sich auch ganz besonders auf die leckeren Kuchen, Torten und Kekse, die Florentine, die Konditorin, backen wollte. Sie hatte heute einige fleißige Helfer.

Da sie zum Backen Mehl brauchten, wurden die Haselnüsse zuerst in der Mühle gemahlen und dort gleich verarbeitet. Auch der Festzug startete ganz in der Nähe. Viele Elfen in bunten Kostümen hatten sich dafür schon

Schreiner und hatten die Ärmel und Hosenbeine hochgekrempelt, um gleich ins Wasser zu steigen.

„Wie schön, dass ihr alle da seid!", sagte Marandor gerade, als Rubinia Wunderherz angeflattert kam. Sie kam viel zu spät! Marandor warf ihr einen missbilligenden Blick zu. Rubinia lächelte entschuldigend und ließ sich schnell neben Enja auf den letzten freien Platz fallen.

„Da bist du ja!", flüsterte Enja. Die beiden

Waldelfen waren beste Freundinnen. „Fast wäre dein Sitz weg gewesen, ich musste ihn echt verteidigen. Wo warst du denn?“

„Hach, das Wasser im Fluss weiter oben war so herrlich, ich musste einfach schnell ein Bad nehmen!“, flüsterte Rubinia zurück. Sie schüttelte ihr rotbraunes Haar und ein paar Wassertropfen spritzten auf Enjas Wange. Die beiden Elfenmädchen kicherten. Rubinia deutete mit dem Finger auf das Mühlrad. Enja hatte es mit einem riesengroßen Kranz aus unzähligen Blüten und Nüssen geschmückt. „Toll sieht das aus! Wo hast du nur immer diese vielen schönen Ideen her?“

Enja lächelte. „Danke, es war aber auch echt viel Arbeit“, antwortete sie. Enja hatte ein großes künstlerisches Talent, daher durfte sie oft für Feste schmücken.

Marandor räusperte sich laut. Die beiden Mädchen verstummten.

Rubinia entdeckte ihren Freund Lorian hinter den Tischen bei Florentine. Lorian war ein fröhlicher Elfenjunge und heute einer von den Helfern beim Backen. Er streckte gerade die Hand nach einer besonders großen Heidelbeere in einer Schüssel aus ... Da klopfte ihm Florentine mahnend auf die Finger.

Rubinia grinste. Seit ihre Eltern gestorben waren, wohnte sie bei Florentine. Die Konditorin war eigentlich sehr lieb und nur selten streng.

Marandor richtete das Wort an die sechs Schreinerelfen am Flussufer: „Ein großes Dankeschön an euch, die ihr dieses prächtige neue

Rad für uns gebaut habt! Das war sehr viel Arbeit."
Bewundernder Applaus ertönte. Die sechs Elfen verbeugten sich und das Waldorchester spielte dazu eine lustige Melodie.

Auf Marandors Zeichen stiegen die Elfen ins Wasser, um das Mühlrad in Bewegung zu setzen. Doch was war das? Sie hatten das hölzerne Rad noch kaum bewegt, da wurde das Wasser im Fluss plötzlich immer weniger. Zuerst ging es bis zu ihren

Knien, dann bis zu den Waden, schließlich nur noch bis zu den Knöcheln ... Und auf einmal standen die Schreinerelfen im Trockenen. Es sah aus, als hätte jemand in einer Badewanne den Stöpsel gezogen. Was war denn da passiert?

# Ohne Wasser kein Mehl

Alle Waldbewohner eilten zum Flussufer. Jeder wollte in der ersten Reihe stehen, um alles mitzubekommen. Marandor stand mit den anderen Ältesten ganz vorne, um die Lage zu begutachten. Von feierlicher, fröhlicher Stimmung war keine Spur mehr. Auch das Orchester hatte aufgehört zu spielen.

Da kam jemand von Weitem angerannt. Es war Doran, der alte Wasserelf. Doran hatte die Aufgabe, die Quelle zu hüten, aus der der Fluss entsprang. Die Quelle lag auf einem hohen Berg und durfte nie ohne Beobachtung sein.

Doran keuchte und musste erst tief Luft holen, bevor er sprechen konnte.

Dann sagte er: „Das Wasser ... war auf einmal weg! Urplötzlich ... kam kein Tropfen mehr aus dem Berg!"

„So ein Unsinn! Wasser ist doch nicht einfach weg", rief jemand aus der Menge. „Du hast bestimmt nicht richtig aufgepasst!", rief ein anderer. „Hast wahrscheinlich ein kleines Schläfchen gehalten, stimmt's?"

Doran riss erschrocken die Augen auf: „Nein, nein, ich habe nicht geschlafen! Wenn ich es doch sage", beteuerte er. „Von einem Moment auf den anderen hat die Quelle aufgehört zu sprudeln!"

Der Elfenrat beriet sich und vertagte den Festzug auf einen anderen Tag. Unter enttäuschtem Gemurmel leerte sich der kleine Platz. Das schöne Fest war ins Wasser gefallen – allerdings ohne dass Wasser da war!

Auch Lorian schaute bedauernd zu Florentines leeren Schüsseln rüber.

Rubinia tippte Lorian von hinten auf die Schulter

und flüsterte: „Ein Satz mit X, das war wohl nix mit feinen Nusstörtchen."

Lorian erhob sich. „Dann kann ich gleich nach Hause fliegen." Mit hängenden Flügeln flog er davon.

„Oje, der ist aber traurig", stellte Rubinia fest. Auch Enja sah furchtbar enttäuscht aus. Rubinia legte einen Arm um die Freundin. „Tut mir so leid um deine ganze Arbeit hier", sagte sie. „Und überhaupt schade um das schöne Fest."

Enja nickte betrübt. „Aber echt. Dann bis morgen!" Die Freundin erhob sich ebenfalls und warf ihr eine Kusshand zu.

Rubinia bemerkte, dass außer ihr niemand mehr da war. Nur hinten saß der alte Doran ganz allein am Ufer des Flusses ohne Wasser. Sie flog zu ihm hin.

Doran hatte sein Gesicht in den Händen vergraben und sah verzweifelt aus. Er bemerkte Rubinia nicht, auch nicht, als sie in das sandige Flussbett sprang und dort hin und her lief. „Wie kann denn Wasser einfach verschwinden?", murmelte sie. „Und die Fische sind auch alle weg. Das ist ja merkwürdig ..." Rubinia strich über ihr magisches Amulett. Sie trug es an ihrem Gürtel. Plötzlich leuchtete der violette Edelstein daran auf! Rubinia wusste sofort, was das zu bedeuten hatte: Die Edelsteine leuchteten immer dann, wenn sie eine neue Aufgabe zu lösen hatte.

Ihre Aufgabe war es, die Wahrheit, Gerechtigkeit und Harmonie im Wald wiederherzustellen. Die Steine selbst besaßen keine Zauberkräfte, doch sie waren wichtige Helfer bei der Suche nach der Lösung.

Aber was sollte diesmal die Aufgabe sein? Die kleine Elfe überlegte. Bevor sie weiter darüber nachdenken konnte, schluchzte Doran laut: „Mein ganzes Leben lang habe ich meine Aufgabe gut erfüllt. Und jetzt das!" Tränen tropften von seiner Wange auf den Waldboden.

„Ich helfe dir", sagte Rubinia sofort und spürte, wie ihr Herz dabei laut klopfte. In dem Moment wusste sie, dass das ihre Aufgabe war: Sie musste Doran helfen. Allerdings hatte sie noch keine Ahnung, wie sie das anstellen sollte.

„Das ist sehr nett von dir. Aber wie willst du das

machen?“, fragte Doran. Er wischte sich mit seinen großen Händen übers Gesicht. „Nicht auszudenken, was passiert, wenn das Wasser nicht wieder zurückkommt!“

Rubinia erschrak. So weit hatte sie noch gar nicht gedacht. Alle im Wald brauchten das Wasser. Es wurde zum Kochen benutzt, zum Trinken und auch zum Mischen von Medizin gegen Halsweh und andere Krankheiten.

„Kannst du das Wasser nicht wieder herzaubern mit deiner Magie?“, fragte sie ihn. Doran schüttelte ernst den Kopf. „Unsere Magie dient uns immer nur zur Unterstützung unserer Aufgabe. Das ist wie mit den Hausaufgaben bei dir in der Schule. Du kannst auch nicht einfach dein Amulett übers Heft halten – und schwupp, sind sie gemacht. Du musst deinen eigenen Kopf mit einsetzen! Genauso ist es mit der Magie und unseren Aufgaben.“

Rubinia seufzte. „Schade. Und ich muss jetzt leider auch gehen. Severine hat uns heute extra zum Haselnuss-Fest viele Hausaufgaben mit Nüssen aufgegeben! Aber morgen gleich nach der Schule komme ich zu dir und dann suchen wir das Wasser. Okay?"

Der alte Wasserelf hob dankend die Hand, als sie davonflog. Sehr glücklich sah er allerdings nicht aus.

Auch Florentine wirkte besorgt, als sie vor dem Schlafengehen noch einmal bei Rubinia vorbeischaute. „Ganz still ist es, seit der Fluss nicht mehr fließt ..." Beide lauschten eine Weile in die Stille des Waldes. „Hoffentlich kommt er schnell wieder zurück." Florentine strich Rubinia übers Haar. „Gute Nacht, mein Herzblatt. Schlaf schön!"

# Streit ist nicht weit

Am nächsten Tag in der Schule schenkte ein junger Wasserelf allen in der Pause einen Becher Wasser ein. Wer mochte, bekam ein paar Tropfen Waldbeerensirup hinein.

„Nur einen halben Becher, keinen ganzen?", beschwerte sich Lorian. „Ich hab so Durst!"

„Es muss für alle reichen. Bis das Wasser wieder da ist, müssen wir alle ein bisschen sparsamer sein", erklärte der junge Wasserelf.

„Er hat recht", beschwichtigte auch Rubinia ihren Freund. „Stell dir vor, wenn wir alle einen ganzen Becher nehmen – und ein paar andere hätten gar nichts zu trinken. Das wäre doch auch nicht schön."

Lorian seufzte. „Stimmt." Er wandte sich einer

kleinen Biene zu, die vorwitzig auf seinem Ärmel Platz genommen hatte. Lorian hatte ein Herz für kleine Tiere. Deshalb war es auch seine Aufgabe, sich um sie zu kümmern.

Ganz vorsichtig, damit das Bienchen sitzen blieb, füllte er eine Nussschale mit ein paar Wassertropfen und hielt sie ihr hin. „Hier, kriegst auch was!" Dankbar nahm die kleine Biene etwas Wasser auf.

Während der folgenden Schulstunden konnte sich Rubinia schwer konzentrieren. Wo war das Wasser nur hin? Es löste sich doch nicht einfach in Luft auf!

Kaum läuteten die Glockenblumen den Schulschluss ein, war Rubinia schon auf dem Sprung. Sie konnte gerade noch Enja und Lorian ein schnelles „Tschüs" zurufen. Dann war sie schon unterwegs zu Doran.

Aus dem Baum des Apotheker-Elfen hörte sie im Vorbeiflug laute Stimmen. „Ich brauche erst neues Wasser, bevor wir wieder Saft mischen können!", rief der alte Apotheker.

Eine Elfenfrau antwortete ihm bekümmert: „Ja, aber meine drei Kinder haben starken Husten, was mache ich denn jetzt?"

Rubinia flog nachdenklich weiter. Hoffentlich kam das Wasser ganz schnell wieder!

Weiter flussaufwärts wohnte der alte Doran. Er saß auf einem großen Stein, der normalerweise ins Wasser des Flusses ragte. Heute stand er im Trockenen. Doran wirkte nervös. „Ein Bote von Marandor war gerade bei mir", erzählte er Rubinia. „Der Ältestenrat möchte mich sprechen. Das kann nichts Gutes heißen. Du meine Güte, es ist alles meine Schuld! Wie hätte ich es nur verhindern können? Das Verrückte ist: Das Wasser war so plötzlich weg – als hätte jemand den Hahn im Berg zugedreht!"

Rubinia legte ihm eine Hand auf den Arm. „Beruhige dich. Es war nicht deine Schuld", sagte sie. Sie dachte angestrengt nach und schaute dabei zum anderen Ufer des Flusses. Nicht weit von dort begann der Nebelwald. Man konnte die dichte Nebelwand von hier aus erkennen, sogar am helllichten Tag. „Ob die Nebelelfen etwas damit zu tun haben?", fragte sie leise.

Doran sah sie erschrocken an. „Du meinst, mit ihrer dunklen Magie? Das wäre ja furchtbar!"

Rubinia nickte. „Aber möglich wäre es doch, nach dem, was man alles über sie erzählt." Sie erhob sich. „Wir dürfen keine Zeit verlieren. Frag du alle Elfen und Tiere, die hier in der Nähe des Flusses wohnen. Und ich statte Kornelius einen Besuch ab. Der weiß doch immer über alles Bescheid."

Doran nickte. „Ist gut. Danke, dass du mir hilfst!"

Rubinia lächelte. „Das mache ich gerne. Für dich und für alle hier im Wald!" Sie flog davon. Im Flug bemerkte sie, dass der violette Stein an ihrem Gürtel

aufschimmerte. Und auch ihr Herz pochte auf einmal deutlich schneller, als wollte es ihr sagen: „Du bist auf dem richtigen Weg!“

Kornelius war eine uralte Eiche. Rubinia ließ sich auf eine seiner riesigen, knorrigen Wurzeln fallen und der Baum schaukelte sie ein bisschen. Wie sie das liebte!

Doch schnell wurde sie wieder ernst. „Hast du etwas über das Verschwinden des Wassers gehört?“, fragte sie. Die Bäume „sprachen“ mithilfe ihrer Blätter miteinander. So verbreiteten sich alle Nachrichten blitzschnell im Wald. Kornelius nickte mit seiner prächtigen Krone. „Selbstverständlich. Ein entsetzlicher Vorfall!"

„Und weißt du mehr? Wo ist das Wasser jetzt?", hakte Rubinia nach.

Die alte Eiche strich Rubinia mit einem zarten Zweig ein paar Strähnen aus dem Gesicht. „Darüber habe ich leider keine Informationen."

Rubinia seufzte.

„Raus mit der Sprache, ich sehe doch, dass dich etwas beschäftigt!", sagte Kornelius und kitzelte sie mit einem Ast unterm Arm.

Rubinia kicherte kurz, dann sagte sie: „Könnt ihr auch mit den Bäumen aus dem dunklen Teil des Waldes sprechen? Ich meine, empfangt ihr auch Nachrichten von drüben?"

Kornelius' Miene wurde ernst. Dann sagte er: „Mit den Nebelbäumen will hier im hellen Teil des Waldes niemand etwas zu tun haben. Von daher endet mein Empfang leider am Flussufer. Tut mir leid. Aber du hast einen wertvollen Helfer an deiner Seite“, fügte er hinzu und strich mit einem Blatt vorsichtig über den violetten Stein auf ihrem Amulett. „Ein sehr schöner Amethyst ist das. Er hilft dir dabei, den Glauben an das Gelingen deiner Aufgabe nicht zu verlieren.“

Ame … was? Rubinia hatte den Namen des Steins schon wieder vergessen. Doch sie kam nicht dazu, noch einmal nachzufragen, denn Kornelius schüttelte sie.

„Du solltest dich jetzt auf den Weg machen. Es wird gleich regnen“, mahnte der Baum.

Rubinia sah zum Himmel hoch. Alles blau, kein Regen in Sicht.

„Die Bäume vom anderen Ende des Waldes haben es gerade bemerkt. Es wird nicht mehr lange dauern“, erklärte Kornelius.

Rubinia rappelte sich auf. „Na, dann ... nichts wie los. Und noch mal danke!“

„Stets zu deinen Diensten, kleines Elfenmädchen!“, winkte ihr Kornelius nach.

Tatsächlich war Rubinia gerade in ihrem Baum angekommen, da platschten die ersten Regentropfen auf den Wald nieder. „Wie gut, dann gibt es wenigstens wieder etwas Wasser“, dachte Rubinia.

Draußen stellten schon die ersten Elfen ihre Eimer und andere Behälter auf. Auch Rubinia hängte einen kleinen roten Eimer in den Ast vor ihrem Fenster. Die hereinfallenden Tropfen trommelten einen melodischen Takt, während sie sich an ihre Hausaufgaben machte.

Zum Abendbrot hatte Florentine etwas Köstliches gezaubert, auch wenn es leider kein Brot mehr gab. Florentines letzte Mehlvorräte waren aufgebraucht. Kein Wasser, kein Mehl, kein Brot.

„Wie alles miteinander zusammenhängt", dachte Rubinia, als sie kurze Zeit später in ihr weiches Moosbett schlüpfte. Mit diesem Gedanken schlief sie ein.

# Ein Regentropfen hat was gehört

Am nächsten Morgen holte Rubinia den kleinen roten Eimer herein, der inzwischen voll war. Hm, wie frisch der Wald duftete nach dem nächtlichen Regen! Rubinia betrachtete fasziniert die großen Regentropfen auf den Blättern des Baumes. Einer von ihnen war so groß, dass sich ihr Gesicht darin spiegelte. Sie streckte sich weit aus ihrem Baumloch heraus, um ihn besser zu sehen. Ihre Nasenspitze berührte fast seine Wasserhaut.

„Fall mir nicht runter! Geh lieber wieder rein“, hörte sie plötzlich eine nahe Stimme.

Wer war das?

„Ich bin’s, Aquarius“, antwortete die Stimme.

Jetzt bemerkte Rubinia, dass es der große Wassertropfen war, der mit ihr sprach. Sie hatte noch nie mit einem Tropfen geredet!

„Ich heiße Rubinia!“, stellte sich die kleine Elfe vor.

„Das weiß ich. Ein schöner Name“, antwortete Aquarius. „Wir Wassertropfen wissen alles, ähnlich wie die Bäume.“

„Aber ihr habt doch gar keine Blätter!“, erwiderte Rubinia.

„Stimmt, aber wenn es sehr warm wird, werden wir zu Wasserdampf und steigen in den Himmel auf. Von dort können wir alles gut überblicken", erklärte Aquarius. „Wenn es regnet, fallen wir wieder auf die Erde."

Davon hatte Rubinia schon in der Schule gehört. Plötzlich fing ihr Herz an, schneller zu schlagen. „Sag mal, wenn du von dort oben auf den Wald herunterschauen kannst ... Hast du dann vielleicht gesehen, was mit dem Fluss passiert ist?"

Aquarius schwankte ein bisschen vor und zurück, was wie ein Nicken aussah. „Ich war der

Fluss", antwortete er. „Ich war ein Teil von ihm. Doch weil es sehr warm an dem Tag war, bin ich schon in die Luft aufgestiegen, bevor es passierte. Darum habe ich nicht alles mitbekommen." Der Tropfen schien nachzudenken. „Doch, an eine Sache erinnere ich mich ..." Rubinia horchte auf. „An was?"

„Da waren Stimmen ... weit in der Ferne ...", antwortete Aquarius. Er schien plötzlich kleiner geworden zu sein. Rubinia bemerkte, dass ein Sonnenstrahl genau auf ihn fiel. Der Tropfen verwandelte sich langsam in Wasserdampf! Sie konnte zusehen, wie er immer kleiner wurde.

„Und da war auch etwas Dunkles, wie eine Höhle ...", fuhr er fort und wurde noch kleiner. „Und ich habe ein Echo gehört ... Oh, ich kann leider nicht weitersprechen. Mach's gut!", rief der Tropfen. Dann war er verschwunden.

„Vielen Dank und gute Reise!", rief Rubinia ihm nach.

„Mit wem sprichst du?" Lorian kam zusammen mit Enja angeflogen. Die beiden wollten Rubinia zur Schule abholen.

„Mit einem, der die Welt von oben sieht!", erwiderte Rubinia und zeigte in die Richtung, in der sie Aquarius jetzt vermutete. Lorian sah zu Enja rüber und tippte sich grinsend an die Stirn.

„Kommt jetzt lieber", mahnte Enja. „Severine mag es gar nicht, wenn man zu spät kommt."

Während sie mit ihren Freunden zur Schule flog, dachte Rubinia fieberhaft nach. Echo? Höhle? Wenn sie doch nur wüsste, was Aquarius damit gemeint hatte!

# Wo sucht man einen Fluss?

Als Rubinia mit Enja und Lorian nach der Schule zu Doran flog, saß der vor seinem Baum und weinte. Er war umgeben von zerbrochenen Tonkrügen. Er erzählte: „Während ich heute Morgen unterwegs war, um das Wasser zu suchen, muss jemand hier gewesen sein. Er hat alle meine Krüge zerbrochen und einen Zettel hinterlassen.“ Er hielt ihn den jungen Elfen hin.

Rubinia las laut: „Wo hast du das Wasser versteckt?“

„Wie gemein!“, rief Rubinia.

Die jungen Elfen versuchten, Doran zu trösten. Es wurde wirklich höchste Zeit, dass wieder Ruhe und Harmonie im Wald einkehrten. Rubinia sah ihre Freunde an. „Wir starten eine große Wassersuche. Alle im Wald müssen mithelfen. Doran schafft das nicht allein. Das Flussbett ist lang. Wir fangen bei der Quelle an und suchen Stück für Stück alles ab."

Enja nickte. „Das wird aber einige Tage dauern."

Lorian machte ein erschrockenes Gesicht. „Wir müssen tagelang in der Gegend rumfliegen? Das schaffe ich nicht! Ich muss essen und schlafen!"

Rubinia schmunzelte. „Keine Sorge. Je mehr Helfer wir sind, umso leichter wird es für alle." Sie sah Lorian an. „Fragst du die Tiere, ob sie auch mitmachen?"

Lorian nickte und flog sofort los.

Es dauerte nicht lange, bis die Waldbewohner von der Suche nach dem Wasser erfahren hatten, und schon am Abend hatten sich alle bereit erklärt zu helfen. Am nächsten Morgen, gleich beim ersten Sonnenstrahl, sollte es losgehen. Severine und die anderen Lehrerelfen hatten aufgrund der Notlage ein Einsehen und gaben allen Schülern für diesen Tag frei.

Vor Aufregung schlief Rubinia kaum in dieser Nacht. Sie stellte sich vor, wie sie das Wasser fand und alle jubelten.

Doch die Suche am nächsten Tag verlief ganz anders, als sie gehofft hatte. Die Elfen und Tiere durchkämmten den Wald von Sonnenaufgang bis Sonnenuntergang und als die

Dämmerung hereinbrach, versammelten sich alle wieder auf dem Platz an der alten Mühle.

„Habt ihr etwas gesehen oder gehört oder erfahren?“, fragte Rubinia.

„Nein!“, riefen alle einstimmig. Niemand hatte auch nur einen Tropfen Wasser gefunden, geschweige denn den ganzen Fluss.

Mutlos machten sich alle wieder auf den Heimweg. Ein paar Elfen warfen Doran böse Blicke zu. Einer rief: „Und alles nur wegen dem da!"

Rubinia und ihre Freunde begleiteten den alten Wasserelf schnell nach Hause.

# Der verbotene Teil des Waldes

In dieser Nacht träumte Rubinia verrückte Dinge: Sie war in einer Höhle, die voller Nebel war. Die Elfe konnte ihre Hand nicht vor Augen sehen. Jemand kicherte. War es eine Nebelelfe? Oder sogar mehrere?

Ein Zischen war zu vernehmen, das sich in Worte verwandelte: „Vielleicht haben wir ja euer Wasser!“ Dann kicherte jemand lauter und lauter. Rubinia erwachte davon. Sie setzte sich im Bett auf und dachte nach. Sollte es möglich sein, dass die Nebelelfen etwas mit der Sache zu tun hatten?

Am nächsten Morgen beim Frühstück sprach Rubinia Florentine an. „Sag mal, warum haben die

Waldelfen und die Nebelelfen eigentlich so großen Streit?", fragte sie.

Florentine sah einen Moment sehr ernst aus. Dann erzählte sie: „Das Ganze ist so lange her, dass niemand mehr genau sagen kann, was der eigentliche Grund ist. Doch seit ich denken kann, sind die Nebelelfen und die Waldelfen entzweit. Warum fragst du, mein Herzblatt?"

„Nur so", meinte Rubinia möglichst beiläufig.

Aber Florentine merkte gleich, dass das nicht stimmte. Sie schnitt Rubinia ein paar Äpfel klein und erzählte weiter. „Die Magie der Nebelelfen ist eine sehr düstere und mächtige. Sie verbreitet nur Schaden und keine Freude. Tu mir bitte einen Gefallen und komm bei deiner Suche nach dem Wasser nicht zu nah an den dunklen Wald. Auch nicht mit einer Flügelspitze! Versprichst du mir das?"

Rubinia zögerte einen Moment, aber nur einen klitzekleinen. Dann nickte sie schnell. „Ups, ich muss los!", rief sie, packte ihre Sachen und flog zur Schule.

Die Stunden dort vergingen wie in Zeitlupe. Rubinia war heilfroh, als es endlich Mittag war. Unter dem Vorwand, dass sie ganz schnell nach Hause müsse, weil sie so viele Hausaufgaben aufhätten, verabschiedete sie sich von Enja und Lorian.

Die beiden sahen ihr verwundert nach. Solche Lust auf Hausaufgaben hatte Rubinia doch sonst nie!

Natürlich war das auch nur eine Ausrede. Rubinia mochte Lügen nicht, doch in diesem Fall war eine kleine Schwindelei nötig. Ihre Freunde hätten ihr nie erlaubt, das zu tun, was sie vorhatte. Sie wollte nur einmal geschwind nachsehen, ob das, was sie geträumt hatte, wahr war ...

Kurze Zeit später stand sie an einer Stelle, an der normalerweise der Fluss vorbeikam. Der Boden war immer noch trocken, man konnte den Lauf, den das Wasser sonst nahm, sehr gut sehen. Auf der anderen Seite des Ufers erkannte sie die dichte Nebelwand. Schon von Weitem spürte sie die Kälte, die der Nebel ausstrahlte.

Rubinia überlegte fieberhaft: „Es ist meine Aufgabe, die Wahrheit, Gerechtigkeit und Harmonie hier im Wald wiederherzustellen. Und das geht nicht, solange das Wasser verschwunden ist. Also eigentlich tue ich doch nichts Verbotenes, sondern erfülle nur meine Aufgabe, wenn ich ganz kurz dort drüben nachsehe."

Gedacht, getan. Vorsichtig erhob sie sich flügelschlagend und flog ganz langsam über das trockene Flussbett. Ihr Herz klopfte wie wild, doch sie hatte das deutliche Gefühl, dass sie es tun sollte. Dabei bemerkte sie nicht, dass jemand sie beobachtete.

Vor der dichten Nebelwand holte sie noch einmal tief Luft, dann flog sie beherzt in das trübe graue Nichts hinein.

Puh, wie stickig es hier drin war! Als würde man versuchen, durch Zuckerwatte zu atmen! Allerdings war diese Zuckerwatte nicht süß und verlockend, sondern muffig und eiskalt!

Rubinia bewegte ihre Flügel sehr, sehr vorsichtig und versuchte, bloß kein Geräusch zu machen. Durch den Nebel hörte sie merkwürdige Laute. Ein dunkles Trommeln. Ein düsteres Brummen. Kurz auch ein heiseres Lachen, das sehr freudlos klang. Rubinia zuckte zusammen. Ihr ganzer Körper war auf einmal komplett eingehüllt vom Nebel!
Wie hatte sie nur glauben können, hier den Fluss zu finden? Besser, sie machte sich ganz schnell wieder auf den Heimweg.

Doch als sie wieder aufschaute, wusste sie nicht mehr, wo sie war. Musste sie nach rechts oder nach links? Rubinia sah sich nach allen Seiten um, doch es sah alles gleich aus! Was sollte sie bloß tun? Nicht mal ihr Amulett mit den Edelsteinen konnte sie erkennen, weil der Nebel so dicht war.

„Rubinia! Rubinia!", ertönte plötzlich eine bekannte Stimme durch den Nebel. Doran!

„Wo bist du?", rief er nicht weit von ihr.

„Ich bin hier!", rief die Waldelfe zurück.

Da tauchte Doran genau vor ihr auf. „Komm, lass uns ganz schnell verschwinden. Wir dürfen auf keinen Fall von den Nebelelfen entdeckt werden!" Er packte sie am Arm und flog mit ihr schnell zurück in die Richtung, in der der Fluss lag. Am anderen Ufer angelangt, setzte er die kleine Elfe auf einen Stein, den die Sonne mit ihren Strahlen gewärmt hatte.

„Hör zu, mein Kind, das ist sehr ehrenwert, dass du mir helfen willst. Aber du sollst dich dabei nicht selbst in Gefahr bringen!", tadelte sie der alte Elf.

Rubinia seufzte tief. „Und wie sollen wir das Wasser dann zurückbekommen?"

Der alte Wasserelf rieb sich die Augen. „Tja, wenn ich das wüsste, mein Kind. Wenn ich das wüsste ... Und jetzt solltest du ganz schnell nach Hause fliegen, damit keiner von unserem kleinen Geheimnis hier erfährt!"

Rubinia gehorchte. Florentine hatte ihr netterweise eine große Schüssel geröstete Haselnusskerne und eine kleine Tasse Honigtee hingestellt. Sie hatte ihn mit dem Regenwasser zubereitet. Die Elfe aß und trank ein wenig, dann ging sie früh zu Bett. Sie schlief schon fest, als Florentine noch einmal nach ihr schaute und ihr sanft über den Kopf streichelte.

# Baumarrest – auch das noch

Rubinia hatte so lange und so fest geschlafen, dass sie am nächsten Morgen spät dran war. Sie wollte gerade ihre Schulsachen packen und losfliegen, da tauchten Enja und Lorian vor ihrem Baumloch auf. „Wir sollen dir vom Elfenrat ausrichten, dass du heute Baumarrest hast. Du darfst den Baum einen Tag lang nicht verlassen. Jemand hat dich dabei beobachtet, wie du in den dunklen Teil des Waldes geflogen bist."

Rubinia riss erschrocken die Augen auf. „Ja, aber ... ich!" Was sollte sie sagen?

Enja sah sie besorgt an. „Warst du wirklich dort?"

Auch Lorian machte ein verständnisloses Gesicht. „In den

dunklen Teil des Waldes zu fliegen, ist, als ob man freiwillig in das Maul eines Löwen fliegt. Warum tust du so was?"

Rubinia merkte, dass es keinen Zweck hatte, ihre besten Freunde zu belügen. „Ich erklär euch das alles, aber nicht heute. Okay? Na, dann viel Spaß in der Schule!"

Sehnsüchtig sah sie den beiden Freunden nach. Sie ging ja nicht gerne zur Schule, aber Schule war

immer noch besser als Baumarrest. So ein Mist! Mit einem Seufzer ließ sie sich wieder auf ihr Bett fallen. Sie hörte den Vögeln draußen im Wald eine Weile zu, die wunderschön sangen. Aber irgendwann wurde es ihr zu langweilig. Sie sprang auf und sah aus ihrem Fenster.

Ein Elf aus dem Baum gegenüber beschwerte sich lautstark, weil seine Wasservorräte deutlich weniger waren als am Vortag. Hatten seine Nachbarn ihn etwa beklaut? Die Nachbarn erbosten sich über diesen gemeinen Vorwurf ... Und so zankten die Elfen miteinander, bis ein weiterer rief, sie sollten endlich Ruhe geben.

Rubinia warf sich auf ihr Bett zurück, als plötzlich der violette Stein an ihrem Gürtel aufleuchtete.

„Was willst du?", fragte Rubinia leicht genervt. „Ich kann doch heute eh nichts ausrichten, hier oben im Baum!"

Doch der Stein leuchtete beharrlich weiter und auch ihr Herz klopfte auf einmal wieder merklich stärker, als wolle es sagen: „Denk noch einmal scharf nach!"

Rubinia dachte nach. Doch ohne Erfolg. Vor lauter Nachdenken schlief sie irgendwann ein und wurde erst wieder wach, als es laut klopfte.

Es war Doran. Er brachte einen köstlichen Eintopf aus süßen Kartoffeln und Pilzen und einen kleinen Kuchen vorbei. Der Kuchen sah irgendwie anders aus als sonst.

Doran sagte: „Ich war gerade in der Nähe und habe Florentine angeboten, dass ich dir dein Essen vorbeibringe! Ich habe gehört, dass du Baumarrest hast. Das tut mir leid. Du wolltest eigentlich mir helfen und jetzt bestrafen sie dich."

„Na ja, ich hab ja auch was Verbotenes getan", seufzte Rubinia. „Danke, dass du mir gestern geholfen hast."

Doran klopfte ihr auf die Schulter. „Ich wünschte, ich könnte mehr für dich tun, Kind. Aber am besten verschwinde ich gleich wieder. Der Elfenrat sieht es nicht gern, wenn man Besuch bekommt bei Baumarrest."

Rubinia nickte. „Danke schön, auch für das leckere Essen!", sagte sie. „Ach, Doran!", rief sie ihn zurück, denn ihr war etwas eingefallen. „Du kennst doch bestimmt alle Höhlen hier im Wald?"

Doran sah sie an. „Ob ich alle kenne, weiß

ich nicht. Aber eine große kenne ich, sie liegt im Felsenberg. Sie ist gar nicht weit von der Quelle entfernt, wo der Fluss entspringt. Ich war selbst viele Jahre nicht dort. Es ist ziemlich unheimlich darin. Man munkelt auch, dass vor langer, langer Zeit ein paar Elfen darin verschwunden und nie wieder herausgekommen sind. Da fällt mir was ein ..." Der alte Elf kratzte sich am Kopf.

Rubinia spürte, wie ihr Herz auf einmal wieder ganz stark klopfte. Auch der violette Stein an ihrem Amulett leuchtete auf!

Doran bemerkte es nicht. „Wenn ich mich richtig erinnere, dann habe ich in den Tagen, bevor der Fluss verschwand, Geräusche aus dem Innern des Felsens gehört. Ich dachte, ich bilde es mir ein. Denn es klang wie ein Kichern. Aber so unheimlich, wie es da drinnen ist, kichert da sicher keiner, hab ich mir gedacht ... Also habe ich es für ein Echo gehalten von jüngeren Elfen, die im Wald spielten. Ich habe bis heute nicht mehr daran gedacht."

Rubinias Herz schlug jetzt so laut, dass sie schon dachte, Doran müsste es hören. Doch der Elf flog davon. Rubinia bemerkte, dass jetzt auch der violette Stein so hell leuchtete wie noch nie. Es sah wunderschön aus! Es war, als wolle er ihr sagen: Du bist der Lösung ganz nah!

Da streckte Lorian den Kopf zum Baumloch herein. „Hab ich doch richtig geraten, es gibt Kuchen!", rief er und grinste.

Er blickte sich schnell um, ob ihn jemand gesehen hatte, dann schlüpfte er in Rubinias

Behausung. Er schaute so sehnsüchtig auf den Kuchen, dass Rubinia ihm den Teller zuschob. Lorian biss ein großes Stück ab und Rubinia rief lachend: „He, lass mir wenigstens einen Krümel übrig!"

Doch statt den Kuchen zu genießen wie sonst,

verzog Lorian das Gesicht: „Bäh! Hatte Florentine heute schlechte Laune oder hat sie das Rezept verwechselt?“

Rubinia sah ihn an. „Na ja, es gibt kein Mehl mehr. Was soll sie da machen?“

Lorian schob den Teller von sich, da bemerkte er das violette Leuchten. „Boah!“, rief er. „So einen Stein hätte ich auch gerne.“

„Wir müssen morgen zum Felsenberg – in die Höhle!“, erwiderte Rubinia ernst. „Sag Enja schon mal Bescheid. Morgen gleich nach der Schule fliegen wir los.“

Lorian verschluckte sich, als er das Wort Höhle hörte. Er fürchtete sich sehr vor der Dunkelheit.

„Muss das sein?“, fragte er kläglich. An Rubinias Blick sah er jedoch, dass es sein musste. Der Elfenjunge erhob sich. „Ich geh dann mal besser, bevor du auf noch mehr gruselige Ideen kommst.“

„Denk dran, Enja Bescheid zu sagen!“, rief ihm Rubinia nach.

# Auf zur Felsenhöhle!

Als die drei Freunde am nächsten Tag gleich nach der Schule am Felsenberg ankamen, wurden sie schon erwartet: Doran saß auf seinem Beobachterposten an der Quelle, aus der normalerweise Wasser sprudelte.

„Ich wusste, dass ihr kommen würdet“, sagte er. „Darf ich euch begleiten und euch den Weg zeigen?“, fragte er freundlich.

„Na klar!“, rief Rubinia. Warum war sie nicht gleich darauf gekommen, ihn zu fragen?

Lorian, der etwas langsamer als die beiden Elfenmädchen geflogen war, schnaufte auffallend.

Rubinia sah ihn an. „Was hast du da eigentlich in dem schweren Rucksack?“, fragte sie und zeigte auf seinen Rücken.

„Pro…Proviant!“ Lorian atmete tief aus. „Wenn

wir in dem Riesenberg verloren gehen, will ich nicht verhungern!"

Die beiden Elfenmädchen lachten und auch Doran grinste. „Na, dann los." Mit seiner Hilfe fanden sie den Zugang zur Höhle schnell. Vor dem schmalen Eingang, der in den Felsen gehauen war, zögerte Rubinia plötzlich. Sie sah die anderen an. „Ich möchte doch lieber allein da reingehen", sagte sie. „Wenn mir etwas passiert, dann könnt ihr mir

wenigstens helfen. Gebt mir fünfzehn Minuten. Wenn ich dann nicht zurück bin, kommt mir nach."

„Bist du verrückt?", fragte Lorian entsetzt. Er selbst hätte nicht mal in Begleitung von hundert Elfen Lust gehabt, die Höhle zu betreten. Allein? Unmöglich!

Auch Enja war nicht sehr begeistert. „Bist du sicher, dass das eine gute Idee ist?" Rubinia sah von einem zum anderen und schaute auch Doran

fest an. „Ja. Ich werde euch rufen, wenn ich Hilfe brauche.“ Ihr Herz bedeutete ihr mit einem kleinen Hüpfer, dass dies die richtige Entscheidung war.

„Moment, dann nimm aber wenigstens das hier mit!“, rief Lorian, stellte seinen Rucksack ab und kramte darin herum. Er reichte Rubinia ein Säckchen mit geschälten Haselnüssen und getrockneten Walderdbeeren – und ein großes Glas. In dem Glas schwirrten Insekten herum.

Rubinia lachte. „Was soll ich denn mit denen? Doch nicht etwa essen?“

Lorian grinste. „Das sind Glühwürmchen. Da drinnen im Dunkeln kannst du sie bestimmt gut gebrauchen!“

Rubinia umarmte ihren Freund. „Du denkst aber auch an alles.“ Sie öffnete den Deckel des Glases und ließ die Glühwürmchen frei. Sie flogen direkt auf den Höhleneingang zu, als hätten sie verstanden, was sie zu tun hatten. Es konnte losgehen!

„Viel Glück“, sagte Enja und sah ihrer Freundin besorgt nach.

# Überraschender Besuch

Tatsächlich war das Leuchten der Glühwürmchen für Rubinia eine große Hilfe. Auch der violette Stein an ihrem Gürtel beleuchtete den Boden, sodass sie nicht in der Dunkelheit gegen ein spitzes Stück Felsen flog. Wie hatte Kornelius den Stein noch mal genannt? Am… alie? Am…eise? Am…erikaner? Nein. Sie wusste nur noch, dass es sehr geheimnisvoll geklungen hatte.

Geheimnisvoll war auch das Innere der Höhle. Die vielen Gänge und Abzweigungen waren wie eine eigene Landschaft! Manchmal musste Rubinia sich ganz kleinmachen, um überhaupt weiterfliegen zu können. An anderen Stellen öffnete sich ein Durchgang und dahinter tat sich ein Raum auf wie ein großes Zimmer oder eine Lichtung. Nur, dass es eben dunkel war. Immer weiter flog Rubinia durch die Felsenhöhle, als sie plötzlich jemanden kichern hörte. Dann noch jemanden. Wer war das? Das Kichern klang ganz nah und so, als ob nicht nur einer, sondern viele lachten.

„Hilfe!", wisperte Rubinia.

„Hilfe, Hilfe!", klang es zurück.

Rubinia erschrak, doch dann verstand sie, dass die Höhle ein Echo hatte. Wer auch immer hier drinnen war, konnte sehr weit entfernt sein.

Rubinia flog langsam weiter. „Nach links oder nach rechts?", fragte sie, als sie an eine Weggabelung kam. Sie fragte den violetten Stein. Bei „links" leuchtete er stärker auf. Also flog Rubinia nach links.

Irrte sie sich oder hatte sie gerade auch das Rauschen von Wasser gehört? Schnell flog sie weiter, auch wenn ihre Flügel langsam schwer wurden. Plötzlich stoppte sie. Die Höhle wurde auf einmal so niedrig, dass sie weiterlaufen musste. Sie musste sogar die Flügel anlegen und sich ducken, um sich nicht den Kopf anzustoßen.

Da, da war wieder das Kichern! Rubinia lauschte angespannt. Waren es drei Stimmen? Sie klangen sehr jung. „Merkwürdig ... wer hat denn in einer finsteren Höhle wie dieser so viel Spaß?“, wunderte sie sich.

Langsam ging sie weiter. WUPP! Etwas hatte Rubinia umgeworfen. Es war nass und kalt. Rubinia rappelte sich auf und traute ihren Augen kaum: Sie war mit einem jungen Elfen zusammengestoßen! Zwei weitere Elfen halfen ihm kichernd auf, doch dann bemerkten sie plötzlich, wer da noch stand. Sie musterten Rubinia erschrocken.

Auch Rubinia erschrak. Das waren keine Waldelfen. Das waren Nebelelfen! Sie waren deutlich grauer und schienen fast durchsichtig zu sein.

Die drei sagten kein Wort. Es waren zwei Jungen und ein Mädchen. Auch Rubinia traute sich nicht gleich, etwas zu sagen. „Wie ... heißt ihr?", fragte sie nach einer Weile vorsichtig.

„Nurur", sagte der eine. Er war etwas größer als die anderen beiden.

„Furna", sagte das Mädchen. Furna hatte sehr helle Haare.

„Sirras", schloss sich der andere Junge an. Er schien der Jüngste der drei zu sein.

„Ich bin Rubinia", stellte sich die Waldelfe vor. „Warum seid ihr hier? Ihr wisst, dass dies der helle Teil des Waldes ist, oder?"

Die drei nickten eifrig.

„Tut uns leid", sagte Furna. „Wir haben uns beim Spielen in unserem Wald verirrt. Und auf einmal haben wir euren Wald gesehen und diesen Berg. Und da sind wir neugierig geworden und wollten nur mal kurz wissen, wie es bei euch so ist!"

Rubinia nickte. Das Gefühl kannte sie nur zu gut.

„Lasst uns gehen", befahl Nurur seinen Freunden. „Wir bekommen sonst mächtig Ärger!"

„Und das Wasser?", fragte Sirras.

Da horchte Rubinia auf. Wasser? „Welches Wasser?", fragte sie.

Die drei Nebelelfen sahen sich an, als wären sie ertappt worden. Nurur entschied sich, dass es besser war, die Wahrheit zu sagen. „Wir haben

Wasser gefunden, das besondere Kräfte hat“, sagte er. Er zeigte auf seinen Knöchel. „Ich bin in der Höhle beim Spielen gestürzt. Und auf einmal war da dieser kleine Bach hier im Berg. Das Wasser ist über meinen Fuß gelaufen und die Schwellung war sofort verschwunden.“

„Ja, magisches Wasser!“, pflichtete Sirras ihm begeistert bei. Seine Augen leuchteten.

„Das hört sich doch ganz nach unserem Fluss an“, dachte Rubinia. Für die Waldelfen war das

Wasser zwar ganz normal, aber es konnte durchaus sein, dass es für die Nebelelfen magische Wirkung hatte!

„Wo ist das Wasser jetzt?", fragte sie.

„Komm mit!" Furna nahm Rubinia an die Hand. Sie war kalt und feucht. Aber Rubinia war froh, nicht mehr allein in der Höhle zu sein, und so machte es ihr nichts aus.

# Der Höhlensee

Die Nebelelfen führten Rubinia noch ein ganzes Stück tiefer in den Berg hinein, bis ein Rauschen zu hören war. Und dann tat sich plötzlich vor ihnen eine riesengroße Höhle auf. In ihrer Mitte lag ein wunderschöner See.

Rubinia staunte. Der Höhlensee war türkisblau und seine Spiegelungen warfen zauberhafte Muster an die gesamte Höhlendecke – es sah aus wie ein Meer aus Sternen.

„Wow!“, flüsterte Rubinia andächtig. „Das ist unser Fluss?“

Nurur nickte. „Wir haben das Wasser aus dem Fluss hierher gezaubert“, erklärte er. „Wir wollten es abfüllen und als Medizin den anderen Nebelelfen bringen. Aber erst wollten wir noch überlegen, was wir sagen, wenn wir gefragt werden, woher das Wasser wäre."

„Ja", ergänzte Furna. „Eigentlich dürfen wir ja nicht in den hellen Teil des Waldes!"

„Verstehe." Rubinia war sehr erleichtert, dass das Wasser noch da war. Und sie war sehr beeindruckt: Die Magie der Nebelelfen hatte starke Kraft, wenn schon die jüngeren Elfen einen ganzen Fluss umleiten konnten! Sie mochte sich nicht vorstellen, wie stark die Kräfte der erwachsenen Nebelelfen waren. Trotzdem hatte sie keine Angst.

Sie sah Nurur, Furna und Sirras an. „Hört mal, ich kann gut verstehen, dass ihr diese Höhle mögt. Sie ist wirklich ein toller Spielplatz. Aber ihr könnt nicht hierbleiben. Und mit eurer Zauberei habt ihr bei uns großen Schaden angerichtet."

Rubinia berichtete den dreien kurz, was alles passiert war, seit das Wasser verschwunden war. Sie

rissen erschrocken die Augen auf, als sie das hörten. Das hatten sie nicht gewollt!

Rubinia sah ihnen an, dass sie es ehrlich meinten. Auch wenn sie aus dem dunklen Teil des Waldes kamen, über den man schreckliche Geschichten erzählte, hatten die Nebelelfen nicht mit böser Absicht gehandelt. Das konnte sie in ihrem Herzen fühlen. Was sollte sie jetzt mit ihnen machen? Die Waldelfe war hin- und hergerissen. Eigentlich müsste sie die drei dem Elfenrat vorführen. Andererseits war das vielleicht nicht mehr nötig. Die drei hatten ja schon verstanden, dass sie einen Fehler gemacht hatten ...

Dann hatte Rubinia eine Idee. Laut sagte sie: „Wenn ihr das Wasser mit eurer Magie in seine Bahn zurückleitet, dann erzähle ich niemandem, dass ihr hier wart."

Nurur, Furna und Sirras tuschelten kurz, dann nickte Nurur. „Es tut uns wirklich sehr leid, was wir angerichtet haben. Danke, dass du uns nicht verrätst. Das werden wir dir nie vergessen!" Er verneigte sich kurz vor Rubinia. Die anderen taten es ihm nach. Man

konnte ihnen ansehen, dass ihnen vor Erleichterung Felsbrocken vom Herzen gefallen waren.

Rubinia verabschiedete sich von ihnen. „Und ich kann mich darauf verlassen, dass ihr das Wasser wieder zurückleitet?", fragte sie noch. Die drei nickten eifrig.

Schnell und sehr erleichtert machte sich Rubinia auf den Rückweg zu ihren Freunden. Die Glühwürmchen und der violette Edelstein leisteten wieder treue Dienste und der Rückweg kam Rubinia tatsächlich etwas kürzer und weniger beschwerlich vor.

Enja fiel ihr um den Hals, als sie aus der Höhle kam. „Wir dachten schon, du hättest dich verirrt, und wollten dir gerade hinterherfliegen!" Auch Lorian atmete laut auf. Doran nickte ihr anerkennend zu.

„Du bist wirklich die mutigste Waldelfe, die ich kenne", sagte er.

„Erzähl schon, wie ist es da drinnen? Was hast du erlebt?", fragte Lorian neugierig.

Rubinia zögerte. Was sollte sie sagen?

Da rauschte es laut auf der Seite des Berges – und im nächsten Moment ergoss sich das Wasser über den Felsen und sprudelte den Hang hinab. Es hörte sich so an, als wäre auch das Wasser sehr froh, wieder im Freien zu sein.

Die Freunde sahen sich an und lachten. Lorian hatte seine Frage zum Glück vergessen, stellte Rubinia erleichtert fest.

Sie bemerkte, dass Doran sie

prüfend ansah. Sollte sie etwas verraten? Nein, besser nicht. Nicht heute.

„Lasst uns zu den anderen fliegen und mit ihnen feiern!“, schlug sie vor. „Außerdem muss ich dringend ein Bad im Fluss nehmen. In der Höhle war es ziemlich miefig und staubig.“ Sie zeigte ihnen ihre kohlrabenschwarzen Hände. Gemeinsam flogen sie den Berg hinab.

# Ein klitzekleines Geheimnis

Die vier Elfen konnten schon von Weitem das Jubeln und Johlen im ganzen Wald hören, als das Wasser das Flussbett wieder füllte. Alle Bewohner versammelten sich am Platz an der Mühle. Auch Marandor, der ganze Rat und die Schreinerelfen waren gekommen. Und jetzt ließ sich auch das Mühlrad in Gang setzen! Dann konnte das Haselnuss-Fest ja heute endlich stattfinden.

Mit einem lauten Knarzen nahm das Rad seine Arbeit auf, schaufelte Wasser und trieb damit den Mühlstein an. Es gab wieder Wasser, es gab wieder Mehl! Feinstes Nussmehl!

Alle applaudierten und in Windeseile wurden Teller, Schüsseln und Kuchenformen geholt. Frisches Brot und feine Kuchen und Torten wurden mit vereinten Kräften gebacken – und wer hustete, bekam ganz schnell einen Löffel Medizin.

Auch Doran war im Kreis der anderen Elfen. Die, die ihm Unrecht getan hatten und gemein zu ihm gewesen waren, entschuldigten sich bei ihm. Wie schön, dass endlich wieder Harmonie eingekehrt war! Es wurde eine wunderbare Feier.

Und Rubinia? Die schnappte sich ein leckeres Haselnusstörtchen von Florentines Tisch, sah sich den fröhlichen Festzug an und nahm dann zusammen mit Enja erst mal ein ausgiebiges Bad im Fluss. Das frische Wasser war einfach wunderbar!

Auch die Fische waren wieder da, sie zogen unter der Wasseroberfläche ihre Kreise.

Da hörte Rubinia neben sich eine Stimme: „Hallo, Rubinia, wie läuft's? Oder sollte ich besser sagen: Wie fließt's?"

Rubinia erkannte die Stimme von Aquarius, auch

wenn sie ihn nicht von den anderen Wassertropfen im Fluss unterscheiden konnte.

„Ich bin hiiier! Nein, hiiier!", neckte er sie und schwamm um sie herum.

Rubinia lachte. „Schön, dass du wieder da bist, auch wenn ich dich nicht sehen kann!" Sie winkte Lorian zu, der am Ufer stand: „Los, komm auch, es ist herrlich hier drinnen!"

Doch Lorian wehrte ab und deutete auf ein Eichhörnchenkind, das in seinem Arm eingeschlafen war.

Rubinia wusste, dass das nicht der einzige Grund war. Lorian mochte das kalte Wasser im Fluss nicht.

Marandor trat neben ihn und legte ihm lächelnd eine Hand auf die Schulter. Sein Blick traf Rubinias und er sah die Waldelfe anerkennend an. „Gratuliere dir zur Erfüllung deiner Aufgabe", sagte er.

Rubinia lächelte. „Danke schön!"

„Allerdings liegt die Antwort, wie du das genau gemacht hast mit dem Wasser – nun, sagen wir, noch etwas im Nebel, oder?" Marandor zwinkerte Rubinia zu.

Ahnte er etwas von ihrer Begegnung mit den Nebelelfen in der Höhle? Rubinia wusste es nicht genau.

„Du verschweigst mir doch nicht etwa was, Fräulein Wunderherz?", fragte Marandor und sah sie prüfend an.

Rubinia lächelte: „Ach, eigentlich war es ganz einfach. Das Wasser war nur etwas von seinem Weg abgekommen!" Das stimmte sogar!

Marandor wandte sich zum Gehen. Dann drehte er sich noch einmal um: „Übrigens: Amethyst. So heißt dein Stein. Ich plaudere auch manchmal mit deinem Freund Kornelius", fügte er hinzu, als er ihren verwunderten Blick sah.

Rubinia nickte lächelnd. Und als sie kurz zum Ufer blickte, wo ihr Gürtel lag, war ihr, als würde sie einen violetten Schimmer wahrnehmen. „Danke!", rief sie ihrem Amulett leise zu.

Sie freute sich schon auf ihre nächste Aufgabe!

*Karen Christine Angermayer* ist Autorin, Verlegerin und Ghostwriterin mit Herz und Seele. Ihr Kopf und ihr Schreibtisch sind immer randvoll gefüllt mit tollen Ideen und Projekten, die sie gerne gaaanz schnell umsetzen will. Darin ist sie der kleinen Waldelfe Rubinia sehr ähnlich. Karen Christine Angermayer lebt mit ihrer Familie am Bodensee und in Rheinhessen.

*Elke Broska*, geboren 1980, studierte Design in Bielefeld und Mainz. Seit 2007 arbeitet sie freiberuflich für zahlreiche Verlage. Sie lebt mit ihrem Mann in Wiesbaden am Fuße des Taunus und unternimmt dort mit ihrem Hund sehr gerne Spaziergänge durch den Wald. Eine Elfe hat sie dabei zwar bisher noch nicht getroffen, aber wer weiß?